사랑하며
꿈꾸며

사랑하며
꿈꾸며

· 강정란 시집 ·

좋은땅

사랑하며 꿈꾸며

살아있다는 것만으로도
축복이라고 생각해보면
가슴이 미어지는 아픔에 처해도
자존심 무너지는 설움에 처해도
이겨낼 수 있습니다

사람이기에 함께 살아야 한다는
이치를 안다면
남의 실수도 내 것같이 용서를 하고
남의 잘됨도 내 것같이 기뻐하는
이웃이 될 수 있습니다

절망에도 희망이 있고
기회라고 생각해보면
조금은 모자란 듯해도 꿈을 가질 수 있고

조금은 부족한 듯해도 땀을 흘릴 수 있는
삶을 펼칠 수 있습니다

선과 악은 순간의 선택이요
행복과 불행도 마음의 판단이니
자기를 사랑하고 남을 아끼어
살아볼 만한 이 세상,
너끈하게 살 수 있습니다

사랑하며 꿈꾸며

목차

꿈꾸며

사랑하며

봄이네요

길가 한껏 흐뭇한 꽃
살랑이는 춤사위 곱더니

반가운 그대 목소리 싣고
가슴속으로 들어왔는가요

꽃물 든 양 발그레해진 얼굴에
숨어들듯 자리에 앉았죠

아른거리는 꽃잎에
마음은 설레고

가만,
그대는 아직 꽃을 못 본 것 같아
한 마디 슬쩍 띄워봅니다

봄이네요

모퉁이 사랑

오늘은 제대로 봐야지
하면서도

막상 마주치면
그의 얼굴을 볼 수가 없습니다

가슴의 떨림이
초점을 흐리는 건지

홀로 진정시켜 보아도

수줍음이 읽힐까
그를 마주하지 못합니다

뒤돌아선 아쉬울 거면서…

반걸음도 나서지 못하는 모퉁이

프리지아 사랑

그대는 아는지

그대 이름 들려올 때면
날 궁금해하지 않을까 궁금하고

그대 목소리 가까이 다가오면
놓칠세라 주변을 맴돌고

그대 마주쳐 말을 걸어오면
횡설수설 어찌할지를 모르고

어쩌다 용기 내 다가서려면
그대는 모르는지 저만치 가고

그대 주위만 기웃거리는 내 모습 들킬라
질투심 일으켜 잠든 가슴 깨울라

맘 없는 다른 이 보이면

외려 잘해보라 응원하는 그댄

홀로 선 나르키소스요
난 그대를 숨어만 바라보는 프리지아

뒤척이는 밤

그립다는 건 마음이 가는 것이다

더는 흔들릴 나이가 아닐 텐데
창을 두드리는 빗줄기에
밤 깊도록 뒤척이는 건
마음이 움직이는 것이다

눈 감아도 아른거리는 사람

바람이라면 스치기라도 하지
닿을 수 없는 그와의 거리에
감싸 안은 이불에도
나의 밤은 차다

그리움에 젖는 게
사랑이 아니었으면 좋겠거니
말 하나 행동 하나 곱씹어보지만

긴 밤,

보풀처럼 이는 미련 털어내지 못하고

마음은 선을 넘는다

한 사람을 향한 마음으로

한 사람을 향한 마음으로
이렇게 황홀하고 아름다워질 수 있음을
그대도 알았으면 좋겠습니다

볼 수만 있다면
내 가슴 통해 그대 마음 훔쳐보고 싶고

줄 수만 있다면
내 행복 담아 그대 품에 안겨주고 싶고

날 수만 있다면
내 날개 통해 그대 꿈을 이뤄주고 싶고

할 수만 있다면
내 영혼 그대 사랑으로 채우고 싶습니다

오늘 꿈속에
큐피트를 만나면

내 맘 한 장 떼어주겠습니다
화살에 묶어 그대에게 띄울 수 있도록

한 사람을 향한 마음으로
이렇게 행복하고 풍요로워질 수 있음을
그대도 알았으면 좋겠습니다

나와 같은 흔들림이길

바라만 보면
마음이 닿기 어렵다

기울여 보라

작은 움직임조차
흔들림이 전해지는 위치라면

사랑이 닿을지도 모른다

첫눈이 내려 눈꽃이 숲을 이루고
하얀 낭만에 둘러싸이는 시간이라면

내게도 운명 같은 일이 일어날지 모른다

흰 눈발의 향연 속으로 뛰어들어
팔을 뻗고 손을 내밀어 보라

하늘하늘 닿는 눈송이가
용기를 줄지 모른다

기다리는 약속에 설레는 곳

오늘 시작될 사랑을 위해
눈꽃이 풍경을 만들 때

마음을 내밀어 보라

수줍어하는 이들을 위해
대신해줄 말들을 안고 내려오는
저 작고 하얀 전령들에 의지해

전화를 걸어 보라

소복한 눈에 함께 길을 내고 싶은
그의 기다림이 나이길 바라고
나와 같은 흔들림이길 바라며

궁금합니다

궁금합니다

그대와의 시간은 내게 의미가 있는데
나와의 시간이 그대에게 의미가 있는지요

궁금합니다

난 지금보다 더 나아갈 수 있는데
그대도 지금보다 더 나아갈 수 있는지요

오늘은 그대에게 들을 수 있을까요

사랑이 좋아 나를 찾는 건지
내가 좋아 사랑을 하는 건지를…

그대 마음의 문 안이 언제나
궁금합니다

보고 싶어서

주말 아침 깨우는 노래에
네가 흘러서

보고 싶네

쓰다 지우다 쓰다 지우다 휘리릭
새처럼 날아간 두 마디

날씨가 예뻐서

듀엣

노래를 하는가
고백을 하는가

부르며 부르며
꽃봉오리 흔드니

수줍게 수줍게
포르르 여는 꽃잎

숨 막히게 예뻐

하모니로 냉큼
마음을 넣었다

해 질 녘 풍경

해 질 녘 마을길을 따라
너와 산책하는 시간은
일상의 디저트처럼 감미롭다

주머니에 담았던 하루를 꺼내
이래저래 말하며 털어내면
발걸음도 덩달아 토닥토닥

너와 나는 도란도란
노을이 그리는 그림 속으로 들어가
한 폭의 풍경이 된다

사랑꽃

가벼운 줄 알았는데

문자 한마디도
깊게 들어오고

손잡는 것도
생각이 많아집니다

꿈인 듯 가볍게 보내려 해도
떨쳐내지 못하는 건

그대라서 그런가 봅니다

일상이 이리
따사로워진 것도

사랑이 들어서인가요

향기를 품은 거라며
그대에게 받은 화분에
촉촉이 마음을 담으려니

손대는 곳마다 톡톡
그대 향 터집니다

보름달 사랑

바람 고이 언덕을 타는 밤
별 하나 달 하나

열린 창으로 빛을 나누며
그대 모습 실어 옵니다

먼발치에서도 가까이서도
몸은 먼저 아는가 봅니다

그대가 운명이 되리란 것을요

그 따뜻한 가슴에
부풀어 오르는 내 마음

가벼운 미소에도 의미가 남고
스치는 마음조차 그리게 하는 사람

이리 벅찬 감정이 시작이라면

안을 수 있을 만큼 자라서

그대 온전히 품으며
사랑하고 싶습니다

달 차듯 맘 차오른 밤
포근한 보름달처럼

사랑도 운동처럼

사랑도 운동처럼
꾸준히 관리해 주세요

같은 장소 같은 패턴
무시하면 안 돼요

사랑의 무게는 보기와 달라
올릴까 내릴까 고민되는 아령처럼

조심히 조금씩
단계를 밟아야 해요

가벼워도 통증이 있을 수 있고
무거워도 통증이 없을 수 있어요

자세가 바른지 거울 보듯 살피고
동작이 안전한지 소통이 필요하지요

정체기나 권태기나
핑계가 여기저기 유혹이 이곳저곳

통하든 거절하든 선택한 결과대로
뒷수습은 따라옵니다

운동에 노력이 필요하듯
사랑도 노력해 주세요

이별 결재

모닥불 이야기 같던 우리 사랑이
언제부터 불꽃을 잃어갔을까

이별을 고하는 말을 하면서도
마음이 머뭇거립니다

시선을 돌린다고
눈을 감는다고
못 느낄 사람이었다면

낭만에 물들 일이 없었겠지요

마음에 슬픔이 일더라도
다잡고 말해야겠죠

식어버린 재를 움키기보다
바람에 흩날리게 두자고요

서로에게 초라해지지 않도록
감정에서 자유로워진다면

그간의 가슴 뛰던 시간들에
고마움을 표하고
이별에 결재할 수 있을 것이며

뒤이을 또 다른 소중한 시간을
맞이할 수 있다고 말입니다

방패연

살다 보면 아픈 여정이 있고
그 속에 아픈 이름이 있다

상처를 기억하는 건
깊게 매몰된 아픔을 꺼내는 것이기에
두고두고 열고 싶지 않다

찬바람을 타고 들려온
그 이름에 마음이 산란해져
연을 들고 언덕을 찾았다

허공을 가르며 날던 방패연
세차게 부는 바람에 순간
중심을 잃는다

흔들리다 흔들리다
대나무 살의 탄력을 받아
다시 상공에 오른다

옹이를 뚫고 뻗어 난 풀이라
저리 단단한 살이 되었나

옹이 진 그때의 여정도
뚫고 나와야
자유로울 수 있을 것 같아

그 이름
방패연에 실어 흘려보낸다

비가 와서

비가 와서 젖는 게
옷자락만이 아닌가 봅니다
마음을 촉촉하게 적시는 비에
묻어둔 그리움이 배어납니다

비처럼 울면 외로움이 달래질까요

울지 않아야 행복한 줄 알아
아픔을 참았고
눈물이 없어야 잘 사는 줄 알아
슬픔도 눌렀을 뿐인데

눈가를 적시던 따뜻한 사람 보내고
마른 가슴이 되었습니다

우는 걸 잊어
비처럼 울어본 적이 있던가 싶지마는
가슴을 적신 비가 마중물이 되었는가

비에 젖어 그리움에 젖어
오늘은 웁니다

비와 함께 웁니다

후회

바라봄이
사랑이었다는 걸
깨달았을 때는

이미 그를
떠나보낸 후였습니다

눈길을 피하고
손길을 마다하던 나를
책망한들 무엇하겠습니까

그때 애써
감정을 속이지 않았더라면…

돌이킬 수 없음을 알면서도
비운 곳 열어 보는 마음

멀어지는 시간을 걷는 게

이럴 줄 몰랐습니다

누군가
망설임에 고여 있다면
주저하지 말라고 하겠습니다

사랑을 위한 용기는
사랑 크기만큼이나
같이 자라 있을 테니까요

배곧마루에 서면

배곧마루에 서면

그리운 이름들이
서쪽 바다 잔물결을 타고
가슴에 안긴다

세월에 밀려도 바다가 된 이름은
잠들지 않기에

저마다 다른 시간 다른 곳에서 만났어도
닿고 섞이며 출렁이는 물에 씻겨
고운 물빛이 된다

모나고 파인 기억도 뿌리를 내릴 일 없이
물 따라 흘러 바다가 된다

언덕을 따라 오른
아련한 그 이름,

지난날 부르던 소리로 되뇌니

한 시절 다정한 사람
바다 향 건네며 안긴다

가을을 타다

가을을 타는 건
나만이 아니었다

사진을 넘길 때마다
멈추는 곳,

이별을 모르는
사진 속 해맑은 표정이
슬픈 오늘

너에게 머문 마음
자전거에 싣는다

숨차도록 내달리면
잊을 수 있지 않을까

바람도 가을을 타나보다

비우고 비우고 비워
보이지 않는 가벼움이 되어서도
멈추지 않는다

나는 힘차게 페달을 밟고
바람과 나란히 달리며

가을, 그 어느 날을 비운다

젊게 산다는 건

내일이 궁금하다는 건
젊다는 거죠

어제의 파도가 또렷이 기억나고
숨 가쁜 오늘에 알이 배도
내일이 궁금하다는 건
젊다는 거죠

나는 어떻게 되나

둥지를 벗어나는 게 모험이라도
솟아오르고
방향이 선명하게 보이지 않아도
행동하는 건 젊음인 거죠

나는 어떻게 사나

살고 살아

돌고 돌아
나이를 거스를 수 없는데
젊게 살고 싶다면
사랑입니다

숨을 깊게 들이쉬며
온몸 구석구석 들어오는
싱싱한 기운을 느껴보세요

살아가는 게 선물인 것처럼
사랑하는 게 처음인 것처럼

아빠의 사랑

아빠가 왜 항상 예쁘다고 하는 줄 알아?

.

.

.

.

.

.

.

.

.

.

.

.

.

아빠의 사랑은 늙지 않기 때문이야

당신은 그것도 몰라

당신은 그것도 몰라
오래된 사랑도 새 옷처럼
설렘을 줄 수 있다는 걸

당신은 그것도 몰라
허리는 사랑의 나이테라서
해를 넘기며 넉넉해지는 걸

당신은 그것도 몰라
두근거림이 없는 게 아니라
박자가 같아져 익숙해지는 걸

당신은 그것도 몰라
맘씨 맵시 닮은 애들에게
당신이 멋짐 원조라는 걸

환하게 한번 웃어보아요

깍지손

그때가 생각납니다
우리 처음 보던 날,
당신 참 풋풋했지요

그곳이 생각납니다
비탈길 조심하라며 손잡아준
당신에 설레었지요

햇살도 바람도 고마워요
당신과 나의 세상에서
아이들이 잘 컸으니까요

기나긴 여로를 지난 지금

한 꿈 달게 꾼 것 같은
옛일을 꺼냄은
우리의 고운 순간들이
가물거려서입니다

드문드문 건져내는 흐릿한 기억들
당신과 함께 맞추다 보니
우리의 깍지손에
묵묵하게 전해집니다

모든 게 잊히는 때가 온다 해도
손에는 스며있을 테지요
당신의 온기가

벗

네 이름 부르면
멀리 있어도 늘 가까이

너와 함께 이 세상을 산다는 건
기쁠 때나
슬플 때나
든든한 행복이 된다

나의 맘이 네 마음에 흐르고
너의 품이 내 가슴을 따스하게 하는 걸 보면
진정 우리가 벗이구나
벅차오르는 행복이 된다

우리가 언제 서운했던가
우리가 언제 외로웠던가
서로의 굴곡진 등 부둥켜안으면
뜨거운 심장에 녹아 행복이 된다

저 넓고 푸른 하늘이
시야에 가리어지고
저 깊고 우렁찬 바다의 파도 소리를
더 이상 들을 수 없을 때까지
나는 네게
너는 나에게
행복이 된다

내 어리석음도 감싸 안아주는
네가 있어
난 언제나
당당할 수 있었다

벗이여,
난 오늘도
너를 부르며
구겨진 하루를 펴려 한다

당신을 위하여

쓰러지셨다는 소식에 병원으로 달려간 날
온순해진 당신의 말투에 그만
울음을 터트리고 말았습니다

저를 부르시던 쩌렁한 목소리
어찌하셨습니까

사랑해주시던 기억마저 잊어버리셨을까 놀라
제 이름을 불러달라고 했건만
부드러워진 음성이 외려 서러워
눈물을 참지 못했습니다

다칠세라 잘못할세라 엄한 눈초리로
야단하시던 소리가 무서웠던 저
당신 눈 밖의 세상에 나아가서는
무모하리만치 씩씩하게 뛰어다녔습니다

아직도 당신 앞에선 철없는 저

넓은 세상 여기저기 매달린 일에
토닥여주시던 손길 모아 기도합니다

바람 닮은 소리

바람이 들면 언덕에 앉아 하모니카를 부르며
바람 편에 그리움을 보내던 아버지는
기어이 바람이 되어 그리던 곳으로 가셨다

비틀거리며 저만치 날아간 바람 끝자락 움키던 어머니
어린 내가 넘어질라 치마폭으로 감싸 안고
목이 쉰 울음으로 내 이름 붙인 아버지를 불렀다

크면 클수록 아버지를 닮았다는 말로
그가 나를 못 알아보지 않을 거라며 위로를 했지만
바람 타고 그리움이 들어올 때마다 나는 언덕에 올라
바람 닮은 소리로 아버지 이름을 부르며 잊지 않으려 했다

바람이 지나간 뒤에도 목이 쉬도록 불던 어린 소리는
바람을 반주로 노래할 만큼 자라
휘파람 부는 바람의 보컬이 되었다

아이야

너에게는
고운 물이 있어

무지무지 기쁠 때
아주아주 뭉클할 때
반짝이며 흐르지

너에게는
강한 물도 있어

무지무지 슬플 때
아주아주 아플 때

참지 말고 울어 보아

작은 눈물로도
힘이 날 수 있어

어머니

비가 내립니다

하늘에서 내린다 싶더니
어느새
눈물이 되어
가슴으로 스며들고 있습니다

메마른 목을 타고
가슴에 설움을 채우고 있습니다

비가 알려줍디다
난 당신의 눈물을 모르고
당신의 무게를 덜지 못했던
철부지였노라고

철부지라서
오늘 곁에 계신 당신이
내일도 모레도 곁에 계실 줄 알았던 거라고

땅에 떨어진 비가

목마른 흙을 적서주며
검은 구름의 무게를 덜어주듯

어머니,
이 비가
당신께서 흘리신 눈물이어서

당신께서 지고 계셨던 아픔이
새털처럼 가벼워지고
하늘 너머
고운 세상으로
평안히 가실 수 있다면

작은 가슴 모자라
온몸을 채우고 넘칠지라도
다 받겠습니다

진작에 덜어드릴 걸 그랬습니다
진작에 안아드릴 걸 그랬습니다

너를 만난 날

참 좋다
너무나 오랜만의 떨림
이보다 더 설레는 강아지 있을까

너를 보는 기쁨에
짧은 잠마저 개운하구나

금쪽같은 너를 안고
나는 할머니가 되었다

눈도 코도 입도 내 새끼요
손도 발도 내 새끼로구나

좀 더 좋은 거
좀 더 맛난 거
고르고 골라서 줄 테니
건강하게 자라다오

우렁찬 네 울음소리가
할머니라고 들리니
갓난쟁이에 보채는 할머니 될 줄
오늘에야 알았네

꿈꾸며

행복의 모양

행복은
동글동글해서
지구 전체를 돌아요. 그대여,
침울해하지 말아요

기쁜 소식 뭉치고 뭉쳐
커가는 행복이
그대에게 굴러오고 있어요

홍옥

한껏 향기를 다하고 떨어지며
자리를 내어 준 꽃이 고마워

밀어치는 빗줄기와 흔들어대는 바람에도
꿋꿋이 버티고 영글며 자란 열매
꽃내음 가득 달콤하게 품었네

거둔 손, 주는 손, 받는 손 이야기로
누군가에게 행복을 줄 거란 설렘에
온몸 가득 홍조를 띠고 있구나

꽃들에게 꽃을 받은 날

꽃들에게 꽃을 받은 날

마음이 나비처럼
온종일 꽃에 살랑인다

너희와의 시간은
향긋한 거름이 되었나

보고 또 보아도
꽃잎 흐뭇하고

어린 손 닮은 이파리
쓰담쓰담 가슴에 닿는다

손편지 반가운 이름들
옛 모습 설핏 풍기며

노랗게 빨갛게
봄소식 전하네

도깨비바늘

입술도 손도 없는
도깨비가 있었다

허기질수록 외로울수록
혀에서 바늘이 돋았다

막힌 귀를 뚫어주는
바늘이라며

사람을 꼬드겨
뽑아내게 하고

밥 뚝딱 새끼 뚝딱
종족 늘린 도깨비

어디든 밝히는 세상이 되자
몸을 쪼개 작게 줄여

들길로 산길로 숨었다

따끔따끔,
허기지고 외로운 도깨비

나를 꼬드기려나
바짓자락에 스리슬쩍 들러붙었네

와불(臥佛)

와불은 언제나 따사롭다

영겁의 전설로 쌓이는 사리(舍利)로
무거우신가
내 작은 마음 맞추려
누우셨는가

머리부터 발끝까지
산화공덕(散花功德),
자비가 가득하다

불경하게도 옆에 누우면
어머니 품처럼
모든 걸 안아주실 것 같아
허망할수록 더 그립다

찾는 길이 가까워지니
무겁던 발 작아지고

마음은 이미 동자승

와불에 먼저 와
수줍게 슨 곰팡이

너도 허했구나

하늘

티끌도 떨굼 없이
모두 받아줄 수 있는
거구의 하늘은

오랜 세월 축적된
수많은 인생을 보았기에
지혜가 가득할 텐데

파리하게 여윈 내 물음엔
왜 저리 야박한가

언어 가득 물어
푸르게 부푼 얼굴을 하고서도
점잖게 듣고만 있네

혹
답을 구하는 소리들이
만년설보다 많아

하늘은 꿈쩍하지 않는가

서점을 들러
우연히 들어온
두 손바닥만 한 책

그 속에
선명한 글귀 하나
내 물음을 알고 있다

침묵하지 않았구나
나와 소통하기 위해
글자로 가지런히 앉았네

아버지의 봄

내 젊음은 먹어도 먹어도 배고프다

편의점을 나오는 길에
정류장 옆에서 구인 광고를 읽는
아버지를 보았다

휴대폰 카메라로 읽던 부분을 찍는
아버지를 뒤로한 채 멀찌감치 돌아
집을 향해 뛰었다

길목 곳곳 앙증맞은 개나리
겨우내 모은 햇살로 빚은
꽃잎을 펼치며 봄을 전하고 있다

골방에 들어온 나는

젊은 날을 모아 만든 고치를 뚫고
아버지 곁으로 날아

봄을 알릴 그날을 꿈꾸며

편의점 빵을 입에 문다

판도라의 선택

솟는 해를 누를 수 있나
지는 해를 잡을 수 있나

환희 속에 빚어진 판도라에게도
인생은 안전하지 않다

의지할 수 있는 것들을 찾느라
곤고한 여정

닿는 것마다
미지의 상자

무엇이 있을까

두려움은 눈을 감기고
호기심은 손을 뻗는다

무엇이 있을까

여기에 든 거라면
눈물도 보석일 거야
가장 멋진 상자를 집는다

무엇이 있을까

마음 모아
마음 모아
뚜껑을 연다

아, 선택한 것이
희망이 달린 시련이라니

길

나는 멈춘 게 아니다

남이 나를 몰라봐도
내가 나를 모를까

밤에도 길은 있다

밤이 어둡다고
달이 보초를 거둘까

나는 밀리는 게 아니다

숨을 고르며
내 길을 찾을 뿐

속도가 다르니
틈이 보인다

밤길을 찾아낸 이에게
낮은 얼마나 훤할까

바람의 기사(記事)

바람아, 들리는가
먼지 같은 말들이 떠돈다

속삭이는 자리마다
쌓이는 말뭉치
도르르 힘을 뭉쳐
존재를 드러낸다

누군가의 눈에 티끌이라는데…
모래알을 끌어온 뭉치가
발바닥에 꽂혔다는데…

바람아, 목도했다면
누렇게 가리는 것들을 불어내다오
날것 한 토막
훤하게 드러내다오

세상 속이다

아무리 뛰고 휘젓고 날아도
세상 속이다

무엇을 말하고 외쳐도
세상 속이다

눈감고 귀 닫고 손놓아도
세상 속이다

세상을 굴리는 자
누구인가

존재는 모두 도르르
파동에 닿고 전하고 일으키는

세상 속이다

걸음

나는 매일 거대한 종이 위를 걸어요

아침마다 말끔한 얼굴로 찾아오는
시간에 친구하면서

어제에 묶이지 않고
내일로 쫓기지 않고
오늘을 걸어요

단숨에 건너뛰지도 않고
누구도 견주지 않아요
제 길인걸요

발이 기록한 오늘,
땅거미가 지우기 전에
노을 따라 넘기면 생의 한 장 차곡

내일도 깨어나면 걸을 거예요
한결같이 여는 하루에 입을 맞추며

마음이 거친 날은

마음이 거친 날은
해 질 녘 노을을 찾아보세요

온종일 빛을 내어주고도
누군가 외로울라
그늘져 추울라

시선을 낮추고 낮추며
한 점도 남김없이 태우는
붉은 마음 만나면

마음 그대로 흐르는 빛에 열어두세요

스며드는 노을에 물들면
휑한 가슴도 빈손도 따뜻해집니다

고운 노을이
저무는 길녘 따라

물든 마음,

아름답게 저물 수 있습니다

오십춘기

서툰 어른도 있다

풋풋한 눈빛에 붉은 입술을 머금은
젊은 날에 그린 초상화
붓질 결마다 끈적하게 엉킨 미숙함이 말라붙어 있다

이때만 해도 나이 들면
마음을 솜씨 있게 다듬을 줄 알았다

곁을 지나는 이에게 갈채를 줄 줄도 알고
고단한 이에게 단잠 자리도 내주며
자유로워져 가는 어른이 될 줄 알았다

한소끔 달아오른 청춘이 가버리는 아쉬움을 달랠 수 있던 것은
더 멋진 어른이 될 수 있다고 믿어서였고

세상이 나를 사랑함이 부족한 것은
내가 세상을 더 사랑하기 때문이라고 매달리며 살았다

이런 내가 들어선 어른은 투박했다

거울에 붙잡힌 희끗한 머리, 적나라한 비춤이 자못 불편해
손길로 흰머리를 가려보지만
세월을 야속해하는 눈빛은 숨길 수 없다

나를 외면하는 눈으로 무엇을 바라볼 수 있겠는가

생김새는 시선을 잡을 수 있지만
표정은 마음을 얻을 수 있으니
미소를 비출 때까지 닦아야겠다

비워가는 나이, 오십 줄에 서서
마음을 잡아가는 중…

마지막 퇴근

퇴근길

세월과 같이 드나든 문
오늘 유독 눈에 밟힌다

얻으랴 지키랴 달리다
꼬박 먹어버린 나이가
아직 믿기지 않고

내 자리가 없으면 어쩌나
일어서는 게 망설여진다

어느 한 주름도
피한 적 없는 세월이니
낯선 길도 함께하겠지

뭉그적거리는 내가 초라해질라
고된 무게 지탱해준 의자

팔걸이 한번 쓰다듬고 일어나
출구로 향한다

마지막을 모르는 문손잡이
힘주어 잡는데
창 넘어 뛰어든 오후 햇살은 아는가

등 뒤가 따뜻하다

휴가 다녀오겠습니다

휴가 다녀오겠습니다

시원한 바다를 만나고
숲의 생기로 땀도 식히며
책 한 권 시 한 편 만나고 싶습니다

정겨운 사람들과
맛집에서 찻집에서
수다를 나누고
달마중도 하다가
별빛 달빛 은은하고
맹꽁이 풀벌레 소리 잔잔한 다락방에서
단잠 들고 싶습니다

몸도 마음도 낮추고 줄여
세상 크고 시간 긴 어린 날처럼 뒹구는
휴가를 다녀오겠습니다

산오름

산비탈 넘실대는
꽃내음 풀내음

새소리 물소리
청량하고

누가 왔나
바위 틈 빼꼼
얼굴 내민 다람쥐

오르다 둘러보고
둘러보다 오르고

종아리 힘 붙느라
속은 가벼워

김치에 국밥 딱
비우기 좋은 날

산은 친절하다

산은 친절하다

하루를 애쓴
청설모, 노루, 땅강아지
모두 안고
노곤함을 풀어준다

구수한 숭늉 내음 가시지 않은
아침 산자락

한 줌 남짓한 날개를 파닥이며
생기 난 소리로 재잘대는
새들의 인사를 듣는
산은

듬직한 어깨를 펴서
구석구석 통로를 연다

열린 곳곳
부드럽게 들어오는 산들바람

잎새야 뻐꾸기야
가볍게 스치며
개운하게 털어준다

무거운 내 나이도 덜어주나
오름에도
기분이 파릇하다

하얀 인생

하얀 종이에 마음을 채우면
시가 되지만

하얀 인생엔 무엇을 채우며
살아야 할까

한 끼 같이 먹는 사람이 있고
함께 웃고 우는 사람이 있다면

큰 집 이고 무겁게 가는 달팽이가
부럽지 않고

같이 이고 가볍게 가는 우리가
정겹겠지

살며 마주할 도전도 기다림도
여행처럼 거쳐 가면서

하얀 인생,

사진첩 채우며 살 수 있겠지

낙엽

때가 되면

눈물 마른 잎은
떨어진다

세상을 놓고
낙엽이 된다

생의 흔적이 바스러지며
부서지는 소리에
차마 밟지 못하니

바람에 구르며 가을 소리 남긴다

잎 떠난 가지의 상흔을 씻고
낙엽을 적시는 비에
가을도 가는구나

늦가을 비의 마음결은
배웅인가

이별의 발길

걸어도 걸어도
쓸쓸함을 지울 수 없다

행동지침

실패가 두려워
조심조심하더니

지금 내 모습,
도망치는 거 아닌가

내가 달음질하려는 곳
어디가 여기와 다를까

여기도 거기도
이번 생의 시계는 같아

누가 이 시공간으로
이끌었는지 모르지만

이왕 들어온 것
모든 에너지를 다 써버리자

하나도 남김 없는 지점

0이 바로

출구일 테니!

풀리지 않을 때

풀리지 않을 때

머릿속을 걸어라
문을 연 순간
생각도 따라나설 것이다

두뇌 안으로 들어서면
문을 닫아라
외부 신호를 차단해야
가볍게 출발한다

깊을수록 무궁한 공간
회로를 따라
차근차근 진입해라
찾아낼 때까지 간다

오른다
떠오른다

솟는 기억 돌기들
듬성듬성한 시냅스
움키어 이어라 이어라

불꽃이 튀니
짜릿하지 않은가

자두

새빨간 내가 싫다
흔해 빠진 모냥이 싫다
과일 무리에 끼어
누가 알겠어

알아볼 수 있어요

한 손에 쏘옥 오므릴 수 있고
쫀득하고 상큼하다는 걸

꽉 차게 영글어라

발부리 붓도록 키운
농부님 마음이

탱글탱글 배어 있다는 걸

1겁(劫)에 만난 이슬

가뭄이 길어 우물이 궁할 때였다.

그날은 이른 아침부터 코끝을 감싸는 차가운 기온이 산기슭을 훑었다. 이슬에 담아 해갈을 도우려는 듯, 됫박에 담긴 쌀알보다 큰 물방울이 시주처럼 널리 내려앉았다.

군불에 쓸 장작을 집다 배가 묵직하게 뭉침을 느낀 어머니는 뒷간으로 들어가 속곳을 들췄다. 그곳에도 이슬이 있었다. 붉은 상처흔이 된 터진 이슬이…

어머니의 무거운 몸은 서두르기 시작했다. 물이 동나기 전에 물지게를 메고 기슭 아래 우물터를 향해 뒤뚱거리며 내려갔다. 곧 태어날 핏덩이를 말끔하게 씻겨 줄 물을 길어서 따뜻하게 데워놓아야 했다. 붉은 이슬의 아른거림에 퉁퉁 부은 종아리도 힘을 모았다.

그렇게 낳은 너였거늘.
불쌍한 내 핏덩이. 꽃잎 건넬 사랑 한번 못 해본 채 무엇이 그리 급해 말라버렸느냐. 어떻게 무심한 네 아비를 닮아 나를 두고 가느냐.

속이 안 좋다며 어머니가 끓여준 죽을 먹고 두 발로 병원에 걸어 들어갔던 청년은 몸을 벗고 찬 기온을 타고 내려온 그날 밤의 하늘로 오른 것이다.

불효자식아. 뭣이 무섭다고 딱딱한 관에 숨어 나오질 않느냐. 보고 싶구나. 안을 수 있게 해다오.

제삿밥 한술 뜰 때마다 밥도 못 먹여 보냈다고 가슴을 뜯으며 우는 어머니, 들이켜는 술마다 눈물이 되어 쏟아진다. 단칸방 창 아래 지쳐 잠든 홀어머니의 가슴이 추운 새벽녘. 꿈이런가, 살포시 내려온 별 따뜻하게 안긴다.

사랑하는 어머니, 들어보세요. 어머니는 별을 낳았던 것입니다. 늦은 밤 치성을 드리는 어머니를 보고 내려와 기도를 듣던 별이 성수를 마시고 어머니의 이슬로 난 것입니다. 이슬이 마르는 이치를 자연스레 여기는 것처럼 땅에 내려온 별도 이슬 같은 몸의 숙명을 마치고 다시 올라간 것입니다.

어머니, 아침이 오면 이슬을 보셔요. 당신의 눈물을 거두어 풀 위에 앉은 이슬이 마를 때, 영겁에서 만남은 찰나처럼 짧은 것임을 아실 겁니다.

무심(無心)

헛것조차 미련이오
마음 떠날 길 트는 목탁 소리에
산허리 엄숙하게 등을 댄다

숨죽인 움직임들
번뇌 될까 조신하고

구름을 보낸 달
암자로 내려와
자궁 되어 감싼다

두드려 두드려
구르는가 흐르는가
터지는 외마디 끝

목탁이 부서지고
달이 뚫렸다

황홀한 열림

어둔 빛 헤맨 눈물도
손에 핀 고름도
합장에 하나 되고

풍경의 실낱 흔들림마저
붙잡고 기다린 바람
갓 나온 벌거벗은 마음 안고

고운 소리 울리며
산허리 오른다

허공의 한 점 무심(無心) 되어
지난 세월 들여다보니
섬섬옥수 자비였구나

답례사

급작스런 소식에
만사를 제치고 한달음으로 찾아오느라 지나치셨을 길섶에
는 지푸라기 햇살로 버티는 마른풀이 봄을 기다리고 있었을
겁니다.

하오나 여기, 들꽃이 피기를 기다리지 못하고 마지막 오늘
을 맞이한 이를 위하여 국화꽃 가지런히 눈물을 머금고 있
습니다.

씨앗으로 나서
해를 품고 달을 노래하며 외진 길 채우던 걸음들…
가르치고 나누며 열매 맺던 여정을 동행한 이들과 이 땅을
아름답게 살찌웠던 일생은 축복이었습니다.

어제는 끝자락이었나 봅니다.
걷고 걸어 넘고 넘던 길 돌이켜 잠시 고향을 찾는 발걸음을
했습니다. 싹을 잘 틔우도록 따뜻하게 감쌌던 오래전 흙내음
따라 걸었습니다.

함께 걷던 이들 세월 따라 떠나고 찾는 이 없을 황혼 녘 그
길, 늘그막 헛디딘 발걸음으로 헤맸지마는
혹여나 해후할까
고마운 이름들 부르며 기다렸습니다.

홀로 가기 어려우리만치 쇠약해진 발,
쉬려고 앉은 곳이 생의 종점일 줄이야 몰랐지마는
어느 때보다도 곤하게 잠들었습니다.

작아지고 작아진 몸, 더는 정담을 나눌 수 없는 침묵으로 흙
이 되고
몸을 벗은 이름, 애도의 눈물에 씻겨 빛이 납니다.

옛 이름이 된 이에게 한 송이 한 송이 건네며 마지막 길을 외
롭지 않게 보내주셔서 감사합니다.

하늘 아래 따뜻하게 비추는 사랑의 빛으로 인사하겠습니다.

별을 품는 방

작은 방 창 너머로

밤하늘을 캔버스 삼고
시원한 솜씨로 빛그림을 그리며
동심을 끌어내는 폭죽

너도나도 폭죽 닮은 함성을 지른다

화살처럼 날아
한바탕 빛을 그리던 축제는
금세 고요해진 하늘로 끝을 알린다

눈부신 공허함을 남기고
동심을 챙겨 사라진 폭죽 뒤에

아쉬움을 알아주는 빛이 있다

화려한 폭죽에 잠시 가렸어도

늘 그 자리에서
조용히 빛을 내던 별은

멀리서도 가까이 내려와
마음을 채워준다

차가운 창보다 더 식은 내 마음속으로
따뜻하게 박히는 너를 품은 밤

밤새 진통을 이겨낸 나의 아침은
별을 닮은 영롱한 시를 낳는다

사랑하며
꿈꾸며

ⓒ 강정란, 2023

초판 1쇄 발행 2023년 8월 23일

지은이   강정란
펴낸이   이기봉
편집   좋은땅 편집팀
펴낸곳   도서출판 좋은땅
주소   서울특별시 마포구 양화로12길 26 지월드빌딩 (서교동 395-7)
전화   02)374-8616~7
팩스   02)374-8614
이메일   gworldbook@naver.com
홈페이지   www.g-world.co.kr

ISBN   979-11-388-2211-4 (03810)